Sklave auf Zeit

Love Lust & Sex

MARIA VALLEETSY

COPY
RIGHT
©
2024

**Maria
Vallee
tsy**

Copyright

The work, including its parts, is protected by copyright. Any use is not permitted without the consent of the publisher and the author. This applies in particular to electronic or other reproduction, translation, distribution and making available to the public.

Edited By:
Maria Valleetsy

First Printing Edition, 2024

Imprint: Independently published

Willkommen auf einer Reise in eine Welt voller Leidenschaft,
Verlangen und Entdeckungen. In diesem Buch finden Sie eine
Geschichte, die tief in die faszinierende Welt von BDSM und
SM eintaucht. Es ist eine Welt, in der
Lust und Schmerz vereinen sich, wo Dominanz und Hingabe
zu einem Tanz der Sinne verschmelzen.
Diese Geschichten bringen uns nicht nur körperliche
Handlungen näher, sondern vor allem auch die tiefen
Emotionen, die zwischen den Protagonisten entstehen.
entstehen zwischen den Protagonisten. Es geht um Vertrauen,
das Loslassen von Kontrolle, das Ausloten der eigenen
Grenzen und die Befreiung von gesellschaftlichen Normen.
In den Geschichten mögen zwar dunkle Seiten auftauchen,
doch im Kern strahlen sie mit der Helligkeit der menschlichen
Seele. Sie erzählen davon
Sehnsüchte, von der Suche nach Erfüllung und von der Kraft,
die in der Intimität zweier Menschen liegt.

Autorin

In meinem wirklichen Leben bin ich Sexualtherapeutin. Ich bin nicht nur beruflich besessen von Sex.

In meiner Freizeit reise ich durch das Land und besuche es gerne

Swingerclubs. Privat und beruflich

Ich erlebe die heißesten und heißesten Geschichten und Sex-Geständnisse.

Meine Patienten und ich

und meine Sexpartner erzählen mir die wildesten Schweinereien, die ich unzensiert zu Papier bringe und exakt weitergebe

und gebe sie weiter. Neben meiner Leidenschaft für wilden Sex ohne Tabus nehme ich kein Blatt vor den Mund

Mund und lass meine Bekannten unverblümt und in aller Geilheit von ihren perversen sexuellen Erlebnissen erzählen.

Erfahrungen. In diesen Büchern schreibe ich nur auf, was mir meine sexuellen Bekannten und Patienten sagen.

und Patienten sagen es mir. Die Namen der Personen wurden natürlich geändert.

Sklave auf Zeit

Ich bin männlich, neunzehn jährig und wohne in einem Block in einer Kleinstadt. Dort bin ich vor ein paar Monaten eingezogen, nachdem ich bei meinen Eltern, die nur ein paar Häuserblocks entfernt wohnen, ausgezogen bin. Zurzeit habe ich keinen Job, hänge meistens den ganzen Tag vor dem PC oder dem TV, schaue mir Pornos an, zocke sinnlose Spiele und schaue Fußball. Mein Aussehen betreffend ist eigentlich nur zu sagen: Ich habe schwarze kurze Haare, bin nicht dick, aber auch nicht grade schlank, habe einen Schwanz, der nicht zu den größten zählt, aber auch nicht gerade winzig ist.

Mittelmaß eben. Dies geschah vor vielen Jahren, als ich mich entschloss für einige Zeit Sexsklave zu werden und die geilste Zeit meines Lebens war. Ich schreibe aus meiner damaligen Perspektive.

Im Nachbareingang wohnt die jüngere knackige Michelle mit ihren Eltern, die beide oft auf Montage sind. Wir kennen uns schon lange da unsere Eltern befreundet sind und hatten mal mehr, mal weniger miteinander zu tun.

Michelle hat sich über die Jahre zu einer wahren Sexgöttin entwickelt. Ihr Aussehen zu beschreiben wird niemals so treffend gelingen, als das man ein Bild ihrer wahren Ausstrahlung bekommen könnte. Sie hat braune schulterlange Haare, vorne ein paar rote Strähnen. Dazu braune Augen und ein Gesicht, dass eine unglaubliche Erotik ausstrahlt. Sie ist wahnsinnig gut gebaut.

Sie hat die tollsten Brüste, die ich je bei einer Frau gesehen habe. Große feste, tolle Brüste, wie sie sich fast jede Frau wünschen würde. Ein relativ kleiner Warzenvorhof und in deren Mitte wunderbare Nippel, nicht zu dick und doch von beachtlicher Größe. Dazu ist sie schlank aber nicht zu dünn und hat einen tollen Bauchnabel. Ihre Achseln sind eigentlich immer rasiert. Ihr Arsch ist nicht dick aber wunderbar weiblich und fest. Die kleine geile Rosette ist die leckerste, die man sich vorstellen kann. Ihre Muschi ist rasiert, bis auf einen kleinen Streifen Schamhaare von ihrem markanten Venushügel zu den makellosen Schamlippen.

Darunter liegt die geilste Pussy die ich je gesehen habe. Ihre Beine sind von geiler Form, nicht zu lang und sie hat wunderbar weibliche Oberschenkel und Waden, die trotz ihrer schlanken Statur sehr sexy ausgeprägt sind. Ihre relativ kleinen Füße sind ein wahr gewordener FetischistenTraum. Nicht lackiert, von makelloser Form und unglaublich gut von Geruch.

Erstmals nackt gesehen habe ich sie schon als sie elf Jahre alt war. Das war damals so eine Kinderspielerei, die ich jedoch schon ziemlich erotisch fand. Über die Jahre habe ich ihre Entwicklung beobachtet und fand sie eigentlich von Jahr zu Jahr geiler ohne sie jemals nackter als im Bikini gesehen zu haben.

Besonders ihre Brüste entwickelten sich prächtig. Es folgten einige Neckereien auf Geburtstagen, die Spiele waren nicht mehr so naiv wie Jahre zu vor und ich wurde jedes Mal wenn sie in der Nähe war richtig geil. Auf der letzten gemeinsamen Geburtstagsfeier vor wenigen Wochen gab es eine Situation in der sie mir eine

witzig gemeinte Ohrfeige gab. Ich hätte nie gedacht, dass ich das so genießen würde. Schon länger hatte ich bemerkt dass es mich anmachte einer Frau untergeben zu sein.
Die Vorstellung von einer Frau oder einem Mädchen als Sexsklave benutzt zu werden, gedemütigt und missbraucht zu werden machte mich fast wahnsinnig und war regelmäßig Bestandteil meiner Selbstbefriedigungsorgien. Nachdem sie mich geohrfeigt hatte schaute ich sie an, in ihren Augen sah ich, dass auch sie es genossen hatte. Die Macht die sie für Momente über mich hatte, meinen geilen Blick, sie schien es zu mögen dominant zu sein. Wenige Tage später klingelte ich bei ihr in der Wohnung, eigentlich nur weil mir das Salz ausgegangen war.

Die Tür war nur angelehnt, weshalb ich kurz darauf einfach eintrat. In der Wohnung war sie nicht zu finden. Ich hielt mich einen Moment in ihrem Zimmer auf und bewundert die sexy Fotos von ihr, die sie an den Schrank und an die Wand geklebt hatte. Auf dem Boden lag alte Wäsche. Ich vergewisserte mich dass niemand da war, bevor ich ein wenig in dem Haufen wühlte. Ich fand auch wonach ich suchte: einen gebrauchten Slip, vielmehr einen Hauch von Stoff. Ich begann daran zu riechen und der etwas abgestandene, süßliche, weibliche Geruch der davon ausging machte mich fast wahnsinnig. Ich steckte ihn heimlich ein und verließ das Zimmer. Beim herausgehen sah ich, dass die Balkontür nicht zu war, offenbar saß sie auf dem Balkon, es war ja auch gutes Wetter. Ich betrat also den Balkon und erblickte sie. Was ich sah raubte mir erneut den Atem. Sie saß da, obenrum nur mit einem BH bekleidet, der ihre großen, geilen Brüste schön betonte.

Ihr geiler Bauchnabel glänzte in der

Sonne. Ihre Beine waren nur oben
minimal mit enganliegenden Hotpants
bedeckt.
Die nackten Füße ruhten auf dem Boden,
ein Anblick der mich besonders geil
machte. Einige Augenblicke stand ich nur
da und gaffte sie an. Längst versuchte sich
mein Schwanz einen Weg in meiner
Unterhose zu bahnen. Einer Eingebung
folgend begab ich mich zu Boden,
nahm mit der Hand einen ihrer nackten
Füße
und führte in langsam an mein Gesicht.
Der Geruch machte mich total wild. Wenig
später küsste ich ihr ungefragt den Fuß,
erst obenrum, schließlich auch die Sohlen
und die Zehen. Ich ließ ihn wieder los und
schaute Michelle an. In ihrem schönen
Gesicht zeichnete sich ein Lächeln ab.
"Wusste ich's doch, dass du drauf stehst.
Leck meinen Bauchnabel sauber du Sau",
befahl sie mir. Ich nährte mich mit der

Zunge ihrem wunderbaren Bauchnabel und leckte ihren verschwitzen Bauch und küsste ihn demütig. "So gefällt mir das, da könnte ich mich dran gewöhnen! So ein nutzloser Sexsklave der alles macht was ich will..."

"Meinst du wir wollen das Spiel spielen?" fragte ich, meine Rolle ein wenig verlassend. "Hast du denn Bock drauf? Wenn dann bedingungslos, ohne Zurück und ohne Tabus, das sag ich dir gleich." "Ist klar" gab ich überlegend zurück, "Was meinst du mit Bedingungslos?" "Na dass du mir immer zur Verfügung stehst, du kannst eigentlich hierher kommen wenn meine Eltern nicht da sind, du hast ja eh nichts zu tun. Ich darf mit dir machen was immer ich will, ich darf dich quälen wenn ich Bock drauf hab, darf dich zwingen alles zu tun, auch Sachen vor denen du dich ekelst, zum Beispiel Pisse trinken. Ich darf dich an andere Herrinnen verleihen wenn ich Lust drauf hab, du gehörst ganz mir und hast keine Rechte mehr.

Je mehr ich drüber nachdenke desto besser gefällt mir das! Meine Eltern sind die nächsten Monate sowieso kaum da, sind in Amerika, da kannst du gleich hier oben bleiben, damit du mir zu jeder Zeit komplett gehörst. Es gibt kein Zurück bis die Zeit zu Ende ist, okay?" Ich antwortete nicht sofort. Das war eine schwere Entscheidung. Offenbar stand ich kurz vor der absoluten Erfüllung meiner sexuellen Wunschträume. Andererseits war es auch ziemlich hart was Michelle von mir verlangte und wenn ich jetzt Ja sagen würde, dann wäre ich die nächsten Wochen echt geliefert. Sie hatte auch etwas von Verleihen gesagt. "Auch mit Verleihen hast du gesagt? An wen hast du gedacht?" Michelle antwortete: "Naja es gibt halt ein paar Mädels, auch ein paar Ältere, hier in der Stadt, die solche Vorlieben haben wie ich und die sich über ein Sklaven mal freuen würden. Es sind ja auch ein paar Sklavinnen hier, Viola aus dem Nachbarort hat zum Beispiel momentan eine." Michelle kannte sich offenbar perfekt aus in der BDSM-Szene unserer Gegend. "Aber keine Angst", fuhr sie fort, "die sind alle sexy und sehen gut aus, besser als du es verdienst."

Ich hatte meine Entscheidung gefällt, die geilsten Wochen meines Lebens konnten kommen. "Gut, ich mach's... wie lange soll das Spiel gehen?" "Sagen wir zwei Monate, da haben wir alle ordentlich Spaß" erwiderte Michelle. "Dann fangen wir am Montag an, du hast Punkt 8 bei mir zu erscheinen und jetzt erhole dich noch ein paar Tage, noch bist du frei und weißt nicht was Schmerzen und Demütigungen sind."

Ich ging zurück in meine Wohnung und dachte aufgeregt an die kommenden Wochen. Schon die Vorstellung daran brachte meinen Schwanz fast zum platzen.
Ich holte den benutzen Tanga hervor und wenige Minuten später ließ ich meinen Schwanz explodieren.

Das Wochenende verging schnell und jetzt ist es Montagmorgen. Ich bin gleich kein freier Mann mehr, sondern Sklave und Diener aller Herrinnen der Stadt, besonders der von Michelle.

Es ist Montag morgen, so gegen 7:00 Uhr. Ich kann nicht mehr schlafen, zu aufgeregt bin ich. Vorfreude, vermischt auch ein
wenig mit Angst. In den folgenden zwei Monaten gehöre ich bedingungslos meiner heißen Nachbarin Michelle und allen anderen Mädels, an die sie mich

verleihen wird. Meine Morgenlatte will sich angesichts dieser Aussichten gar nicht mehr beruhigen. Ich stehe auf, die letzte Nacht für einige Zeit in diesem meinen gemütlichen Bett war das. In den folgenden 2 Monaten darf ich jeden zweiten Tag für eine halbe Stunde meine Wohnung betreten, wenn ich nicht grade für mehrere Tage auswärts verliehen bin. Post holen, Ämtersachen erledigen, Blumen versorgen und die Wohnung nicht komplett "einrosten" lassen. Die restliche Zeit habe ich in der Wohnung von Michelle und anderer Herrinnen zu verbringen. Michelles Eltern sind glücklicherweise die nächsten Wochen in den USA.

Ich begebe mich nun in den Nachbareingang und warte vor Michelles Tür. Ich höre dass sie drinnen bereits zu Gange ist, wage es aber noch nicht zu klingeln. Mit weichen Knien warte ich. Die

Erfüllung meiner sexuellen Träume, wahrscheinlich sogar mehr als meiner wildesten Träume steht bevor, aber auch ein hohes Maß an Schmerzen, an Demütigungen und Qual. Die völlige Selbstaufgabe, das komplette Ausgeliefertsein an andere Menschen, glücklicherweise an hochattraktive junge Frauen und auch nur für eine gewisse Zeit. Während ich an all das denke regt es sich wieder in meiner Hose und mein Fickprügel, auf den in den nächsten Wochen wohl oft reduziert werde, schwillt an. Es muss kurz vor acht sein, ich warte nervös.

Mein Schwanz wird ihr sicher viel zu klein sein, ob ich sie immer so befriedigen kann wie sie es befielt? Ich habe nicht viel Erfahrung mit Frauen. Gleich stehe ich völlig nackt vor ihr, das erste Mal. Ab dann hat sie mich völlig in der Hand. Während ich noch in Gedanken vor der

Tür stehe öffnet sich diese einen Spalt breit. "Dann geht es jetzt los, letzte Chance zum Aussteigen, danach wird durchgezogen!"

Ich antworte nur: "Ja Herrin, es geht los." "Du wartest bis du rein gerufen wirst, verstanden?", beginnt sie sofort eine wesentlich dominantere Stimmlage anzunehmen.
Sie entfernt sich von der Tür, begibt sich wahrscheinlich in das Wohnzimmer. Kurz darauf ruft sie mich mit dominanter Stimme herein. Ich betrete die Wohnung und nähre mich dem Wohnzimmer. "Zieh dich aus, Sklave. Nur deinen Slip lässt du an und dann kommst du her, den Kopf zu Boden gerichtet!"

Ich befolge die Anweisung und entledige mich meiner Sachen mit dem Gefühl, sie in den nächsten Wochen nicht oft benötigen zu werden. Meine Unterhose
ist

deutlich ausgebeult als ich mich, den Blick zu Boden gesenkt, ins Wohnzimmer begebe.

Demütig stelle ich mich an die Wand, während Michelle mich mustert. "Ganz schön fett geworden du Sau." Mit ihrer dominanten und recht lauten Stimme lacht sie mich spöttisch aus. Sie steht auf. "Schau mich an, schau deine Herrin an, der du gehörst, dreckiger Sklave." Ich schaue zu Michelle hoch. Keine SadoKlamotten, sexy Alltagskleidung trägt sie.
Das ist es was mich besonders anmacht. Es zeigt mir, wie selbstverständlich ich ihr ab jetzt täglich zur Verfügung stehen werde.

Obwohl sie nicht so offenherzig wie letztens gekleidet ist, ist ihr Anblick wieder geil und machte mich total an. Sie hat einen dünnen Überzieher mit langen

Ärmeln an, der ihre großen Brüste gerade so umfasste und zwischen den Brüsten mit einem Knoten zusammengebunden ist. Der restliche Oberkörper ist somit frei. Weit unter ihrem Bauchnabel setzt eine enganliegende modische Jeans an, die nur noch undeutlich erahnen lässt, welche geilen Beine sich darinnen befinden. Nicht mal ihre Füße sind heute nackt, sie stecken in weißen Söckchen.

Herrin Michelle kommt auf mich zu, spöttisch grinsend fährt sie mit der Hand über meinen nackten Oberkörper und klatscht mir kräftig auf den Bauch, wieder und wieder. Während ihre eine Hand über meinen Oberkörper fährt, wandert die andere langsam zu meiner Unterhose. Mit gekonnten Handgriffen erfühlt sie den Umfang meines Schwanzes. "Und nichts in der Hose auch noch..." Ihr griff wird fester während sie meinen Sack umspielt. Sie lässt von mir ab und drückt mich langsam gegen die Wand. Ich sehe, dass diese schon für mich und die kommende Zeit präpariert ist. Sowohl unten an den Füßen, als auch in Kopfhöhe sind Befestigungen, an denen ich gefesselt werde. Dabei stehe ich leicht breitbeinig aber nicht unangenehm, meine Arme sind ein wenig nach oben gezogen. Sie zieht die Fesseln fest und umspielt mein Gesicht mit ihrer Hand. Unvermittelt verpasst sie mir eine kräftige Ohrfeige.

Ich bin überrascht und gebe einen leisen Laut von mir. Zum Dank erhalte ich weitere heftige Ohrfeigen. Sie variiert zwischen heftigen Schlägen die sehr schmerzhaft sind und kleinen, fast zärtlichen Wischern. Abwechselnd links und rechts bearbeitet sie meine Wangen mit Schlägen, die ich wehrlos ertragen muss. Nun kommt sie ganz nah an mich heran. Ich spüre ihren Atem, reiche ihren geilen Duft, ihre Brüste drücken sich an meinen nackten Oberkörper, ihre wunderschönen, wirklich fast einzigartig markanten Lippen umspielen meinen Mund. Mit einer Hand greift sie mir wieder an die Unterhose. "Ich werde dir jetzt einiges erklären, Sklave" flüstert sie mir entgegen. "Aber zunächst will ich mal sehen was du deiner Herrin zu bieten hast." Sie beginnt mich von meiner Unterhose zu befreien.

Wenige Sekunden später stehe ich völlig nackt vor Michelle. Ein wenig demütigend aber auch sehr aufgeilend. Michelle mustert meinen steifen abstehenden Prügel und umspielt ihn mit ihren Händen.
Einige leichte Schläge bringen ihn zum wippen. "Das ist alles was du deiner Herrin bieten kannst? Du verficktes Schwein hast nicht mehr zu bieten?" Es folgen einige harte Ohrfeigen. "Mund auf!" Unvermittelt spuckt sie mir direkt in den Mund. Ich muss mich etwas überwinden ihren Schleim zu spucken. Nach weiteren

Ohrfeigen widmet sie sich wieder meinem Schwanz. Sie umfährt die freiliegende Eichel und beginnt einen ihrer langen Fingernägel in meine Harnröhre zu schieben. Ganz langsam, rein und wieder raus, tiefer rein, genüsslich quält sie mich während ich ihr ausgeliefert bin. Wieder steckt sie einen Fingernagel in die Röhre. Das sind heftige Schmerzen, die sich jetzt deutlich aus der Geilheit abzeichnen. Ich stöhne zunächst auf, danach entfährt mir ein kleiner Schrei.

Michelle lächelt mich spöttisch an während sie mit der Tortur unbarmherzig fortfährt. Ich atme tief aus, als sie ihren Fingernagel zurückzieht und sich abwendet. Als sie sich wieder umdreht hat sie einen Fotoapparat in der Hand, mit dem sie meine missliche Lage festhält. "Meine Rückversicherung, jetzt gehörst du mir für die nächsten Wochen. Am Ende

der Zeit vernichte ich die Bilder, versprochen.
Aber bis dahin hast du mir bedingungslos zu gehorchen, sonst hängen die plötzlich überall in der Stadt."

Mit einem fiesen Lachen packt sie mich hart am Sack und beginnt fest daran zu ziehen, meine Eier zu kneten und quetschen, immer härter, so dass ich mich sehr zusammenreißen muss nicht zu schreien. "Besser für dich wenn du jetzt zuhörst" sagt sie dann zu mir. " Da du jetzt mein Eigentum bist, kann ich mit dir machen was ich will. Du sprichst nur wenn du gefragt wirst, und zwar nennst du mich Herrin oder Lady Michelle, verstanden? Du bist nur dafür da, dass ich meinen Spaß hab. Wenn ich will benutze ich dich als Fickbolzen. Wenn ich Bock drauf hab, quäle ich dich und hab mein Spaß mit dir, klar? Du hältst dich ab jetzt immer in dieser Wohnung auf, außer ich sage dir was anderes. Ich bin deine Sexgöttin, es

ist eine Ehre für dich mich nackt zu sehen, mich berühren zu dürfen, von mir gefickt zu werden. Wenn du meinen Anweisungen nicht standhältst gibt es harte Strafen und zwar wann und so lange wie ich will. Machst du irgendetwas gut, wovon ich nicht ausgehe, kann es sein,
dass du eine Belohnung bekommst, aber du hast überhaupt keinen Anspruch darauf! Wenn ich will, und dazu wird es hin und wieder kommen, verleihe ich dich an andere Herrinnen aus der Gegend, alle so ungefähr in meinem oder deinen Alter. Auch denen hast du bedingungslos zu dienen, während du bei denen bist gehörst du nicht nur mir sondern auch denen. Jetzt sind zwar noch Ferien, aber irgendwann muss ich auch wieder zur Schule. Während ich weg bin bleibst du gefesselt in der Wohnung oder wirst verliehen. Essen und Trinken wirst du was ich dir gebe und wann ich es dir geben,

auch wenn dir das nicht immer gefallen wird.

Und das wichtigste: Mein Orgasmus steht im Vordergrund, meine Lust. Du kommst nur dann wenn ich dir das ausdrücklich erlaube sonst wirst du dich umgucken. Manchmal werde ich auch von dir verlangen zu kommen wenn dir das vielleicht gar nicht so recht ist. Das einzige was wichtig ist, ist dass ich befriedigt bin. Alles klar?" "Ja Herrin, alles klar..."

Michelle hatte während ihrer Erklärungen meinen Sack in der Hand behalten und lässt ihn erst jetzt los.

Dies lässt mir ein Zischen entweichen. "Hältst du denn gar nichts aus du Pussy?" Spöttisch versetzt sie meinem steifen Prügel einige Schläge bevor sie von mir ablässt. Während ich, an der Wand gefesselt, mich ein wenig erhole, setzt sich Michelle mir gegenüber auf das Sofa und schaut mich herausfordernd an. Ich bewundere ihren Anblick, genieße es in ihrer Nähe zu sein warte ab, was geschehen wird.

Lady Michelle zieht sich nun die beiden Söckchen aus und ihre nackten Füße kommen zum Vorschein. Mit den Socken in der Hand kommt sie auf mich zu: "Mund auf!" Sie steckt mir das Kleidungsstück in den Mund und ich nehme ganz leicht den süßlichen Fußgeschmack war, den ich vor tagen auf dem Balkon schon so deutlich geschmeckt hatte. "Wie du da so stehst, du lächerlicher Schlappschwanz, Dreckssklave, das macht mir Lust mein Spielzeug mal zu testen." Ich weiß nicht genau was sie damit meint. Sie zieht meine Fußfesseln etwas enger, so dass ich weiter gespreizt stehen muss. Dann holt sie aus und tritt mir mit ziemlicher Wucht mit ihrem nackten Fuß in den Sack.

Ich schreie vor Schmerz auf und winde mich, allerdings erfolglos, innerhalb der Fesseln. Dieser unglaubliche Schmerz vernebelt für kurze Zeit meine Wahrnehmung. Es folgt der nächste harte Tritt in meinen Sack. Wieder schreie ich laut auf und bin der heranrollenden Schmerzwelle hilflos ausgeliefert. "Warum trete ich dich, Sklave?" "Ich weiß es nicht Herrin, ich bitte um Gnade." "Gnade?", Michelle lächelt ungläubig: "Gnade verdienst du nicht. Ich trete dich weil ich Lust drauf hab, macht mich irgendwie geil wie du da so hängst. Möchtest du noch einen?" Ich versuche die richtige Antwort zu geben, weiß aber dass ich nur verlieren kann: " Nein, Lady Michelle, ich bitte Sie, nein." Spöttisch lächelnd streicht sie mir durch das Gesicht. "Falsche Antwort," flüstert sie gefährlich leise. Ich weiß dass ich ihren Tritten ohnehin ausgeliefert bin und bitte nun also um den nächsten. "Ich bitte Sie Lady Michelle, machen Sie mit mir was Sie wollen." "Das mache ich sowieso du Wurm.

Du wirst solange weiter, und jedes Mal härter, getreten, bis du den Tritt leise erträgst!" Wieder stellt sie sich vor mir auf, wartet, genießt meine Angst die nach wie vor mit Lust verbunden ist, genießt ihre Macht. Das Warten auf die Schmerzen ist das schlimmste. Schließlich tritt sie wieder zu, in der Tat noch heftiger als vorher. Ich kann mich nicht beherrschen und schreie wieder laut auf.

"Also schön..."
sagt Michelle, verpasst mir dazu eine heftige Ohrfeige und stellt sich erneut vor mir auf. Wieder berührt ihr nackter Herrinnen-Fuß wenig später meinen Sack und trifft meine Eier, wieder möchte ich aufschreien, kann jedoch den Schrei zurückhalten und in ein heftiges Ausatmen umwandeln.

Den Schmerz leise zu ertragen ist noch schwieriger, ist demütigend. Michelle mustert mich, genießt die Momente in denen ich mit dem Schmerz kämpfe und sagt schließlich: "Geht doch... wurde ja auch Zeit Sklave. Und jetzt bedanke dich für die Tritte, indem du mir die Füße küsst." Sie kommt auf mich zu und löst die Fesseln. Ich werfe mich zu Boden, während Lady Michelle sich auf die Couch setzt und mir ihre nackten, puren, geilen Füße entgegenstreckt. Ich nehme den ersten Fuß mit der Hand auf, küsse auf ihre Zehen, lecke über ihren Fuß und empfinde die Situation nun als einiges demütigender als damals auf dem Balkon. "Leck alles, unten drunter, die Zehen alle Einzeln und die Zwischenräume, na los!"

Ich beginne ihren geilen Fuß nun ausgiebig zu liebkosen. Jeden ihrer süßen Zehen nehme ich einzeln in den Mund, lecke sie, küsse sie, verwöhne sie. Unter den Füßen ist der Geruch am intensivsten, er törnt mich an, macht mich wild, diese Mischung aus Ekel, Demütigung und unglaublicher Lust die ich empfinde. Auch die Fersen lecke ich ihr wieder und wieder. Sie genießt diese Behandlung nun schon seit vielen Minuten. Während ich weiter mit ihren Füßen beschäftigt bin, merke ich, wie sie oben anfängt, sich der Jeans zu entledigen. Langsam zieht sie die Hose unter ihrem Arsch weg und zieht sie runter. "Ausziehen", sagt sie zu mir.

Ich ziehe ihr die Hose von den Beinen und lege sie auf den Boden. Ich schaue an ihren geilen Beinen hoch zu ihr. Sie trägt einen engen schwarzen Slip und sieht zum Anbeißen geil aus. "Na los mach weiter Dreckssklave. Die Beine auch, aber nur die Waden!" Mit der Zunge fahre ich nun hoch und küsse auch ihre leckeren Waden. Jeden Zentimeter ihrer Haut dort lecke ich ab. Mein Schwanz steht prall ab und tut fast weh vor Geilheit. "Schluss jetzt damit...", Michelle entzieht mir ihre Beine und steht auf, während ich zu ihren Füßen am Boden verharre. "Es wird Zeit, dass du siehst was deine Sexgöttin, deine Eigentümerin zu bieten hat, wofür du sie anbetest.

Das sag ich dir gleich du Wurm, das machen andere Herrinnen nicht, die Ehre die dir jetzt zu Teil wird verdienst du nicht, Dreckstück! Ich erwarte dafür absoluten Gehorsam. Komm mit!" Ich folge meiner Herrin voll froher Erwartungen, sie verlässt das Wohnzimmer und betritt ihr Zimmer. Sie setzt sich auf ihr Bett und bedeutet mir, dass ich am Ende des Bettes Platz zu nehmen habe. Was nun folgt ist einmalig in meiner Sklavenzeit geblieben, dass hat keine andere Herrin gemacht. Während ich nackt am Bettende sitze und auf meine wundervolle Herrin schaue, mein Schwanz steht wie nie zuvor, beginnt Michelle sich vollständig zu entkleiden.

Sie zieht ihr Oberteil aus. Löst zunächst den Knoten zwischen ihren Brüsten, was dazu führt, dass ihre Brüste nicht mehr vollständig bedeckt sind. Dann fährt sie aus den
Ärmeln und hält das Oberteil nur noch mit den Händen vor ihre geilen Brüste. Mir stockt der Atem, als sie das Oberteil schließlich wegschleudert und mir oben ohne, mit ihren geilen nackten Titten, gegenüber sitzt. Im Unterleib fühle ich ein wohliges Kribbeln wie sonst nur kurz vor einem Orgasmus. Ich mustere ihre unglaublich geile Brust, so groß und doch so wunderbar fest, so geile Nippel auf den Warzenhöfen, ich werde fast wahnsinnig beim Zuschauen. Michelle legt sich nun auf den Rücken und zieht ihre Beine an. Langsam entledigst sie sich auch noch des letzten Stoffrestes, der ihre himmlische Lustgrotte bisher bedeckt hatte.

Es gelingt mir einen Blick auf ihre Klit zu erhaschen. . Ihre Muschi ist rasiert, bis auf einen kleinen Streifen Schamhaare von ihrem markanten Venushügel zu den makellosen Schamlippen. Darunter liegt die geilste Pussy die ich je gesehen habe. Ich atme schwer, vermeide es an meinem Schwanz zu spielen um nicht sofort auf ihre Decke zu spritzen. Das eigentlich einzigartige folgt jedoch jetzt. Sie streckt sich völlig nackt, auf dem Rücken liegend auf dem Bett aus, neben mir liegen jetzt ihre Füße.

"Komm hoch",

sagt sie fast sanft. Ich nähre mich ihrem Oberkörper und bin nur wenige Zentimeter von ihren Titten entfernt. "Hier liegt deine Göttin. Küss mich zwischen den Titten, na los!" Ich glaube zunächst mich verhört zu haben, versenke wenig später jedoch mein Gesicht zwischen ihren geilen Brüsten. Endlich berühre ich diesen

Körper, so wie ich es mir jahrelang ausgemalt habe. Ich küsse die schmale Spate zwischen ihren herrlichen Titten, streife dabei immer wieder beide Brüste an den Seiten. "Mach weiter, küss mir den Bauch", kommt es von ihr. Ich arbeite mich langsam an ihrem wunderbaren Körper hinunter, küsse und lecke jeden Zentimeter ihres Herrinnen-Körpers dort wo ich es darf. Wieder genieße ich es meine Zunge durch ihren Bauchnabel wandern zu lassen, ihn immer wieder zu umspielen und zu liebkosen. "Jetzt die Oberschenkel, mach weiter", auch diesen Auftrag erfülle ich mit Begeisterung, ahne aber, dass ich nicht oft solche Aufträge erhalten werde. Ich küsse und lecke jetzt ihre wohlgeformten Oberschenkel, auch an den empfindlichen Innenseiten. Michelle stöhnt ein wenig, ich arbeite mich immer hör, bin nur wenige Zentimeter von ihrer Lustgrotte entfernt und vernehme bereits den intensiven, weiblichen Geruch aus ihrer Muschi. "Und jetzt küsst du mich zum Zeichen deiner Unterwürfigkeit auf den Venushügel, verstanden?" Natürlich habe ich das verstanden, langsam nähre ich mich ihrem Hügel, dieser Körperstelle die für die weibliche Vollkommenheit steht, zärtlich Küsse ich sie auf diese Stelle und empfinde so viel Lust wie nie im Leben zu vor. Nur langsam kann ich mich von ihr trennen, richte mich wieder auf und schaue ihr in die Augen. Michelle hat es genossen, ihre Muschi schimmerte schon deutlich vor Feuchtigkeit als ich sie liebkost habe. "Jetzt leg dich hin, Sklave." Während sie das sagt steht sie auf, ich lege mich auf das Bett und harre der Dinge die da kommen. Sie besteigt mich nun rittlings und setzt sich auf meinen Bauch. Ihr Oberkörper beugt sich zu mir herunter, sie sucht mit ihren Lippen meinen Mund und küsst mich.

Ich öffne den Mund ein wenig und merke, dass Lady Michelle dabei ist mir einen tiefen Zungenkuss zu geben. "Dass hat dir gefallen, stimmt's Sklave?", fragt sie mich als sie sich wieder aufrichtet. Ich frage mich ob diese Behandlung der unerwarteten Art nun zu Ende ist, doch scheinbar möchte Michelle noch nicht aufhören. Sie spuckt sich auf ihre eigenen Brüste und verreibt ihre Spucke ein wenig. "Leck das weg, aber wehe du berührst meine Nippel!" Ich beginne nun alle Bereiche ihrer Brust von der Spucke zu befreien, die sich mir bieten. Lecke um die Warzenhöfe herum und verspüre große Lust ihre stehenden Nippel mit der Zunge zu berühren, kann mich aber beherrschen.

Plötzlich entzieht mir Michelle ihren Busen und richtet sich auf, während sie spricht stellt sie mir ihre Füße auf das Gesicht, die ich in gewohnter Manier verwöhne. "Das hat dir gefallen, hat dich geil gemacht, was du Sau?

Ich bin deine Sexgöttin, ab jetzt wird es so etwas nicht mehr geben. Du hast meinen Herrinnen-Körper kennen gelernt, ab jetzt hast du jedes Recht verloren, jetzt gehörst du vollständig mir. Sie steigt von mir herunter und zieht sich leider ihren Slip wieder an. Wenigstens bleibt sie vorläufig oben ohne.

Sie kettet mich an eine komplizierte Fessel- und Flaschenzugvorrichtung in ihrem Zimmer an die Wand. Hier stehe ich schon etwas ungemütlicher. Die Beine sind weiter gespreizt und die Kette die meine Arme fesselt ist jetzt mit einem Halsband verbunden.

Offenbar hat Michelle in jedem Zimmer Vorrichtungen für mich angebracht. Sie lässt mich mit meiner Lust alleine und angekettet im Zimmer zurück. "Bis später

Drecksstück", dann stehe ich alleine da und muss das alles erst mal verarbeiten. Dieser Beginn war unerwartet, damit hat mich Michelle nochmals heißer gemacht, als ich schon war. Gespannt und voller Lust warte ich auf den Fortgang des Tages.

Ich stehe einige Zeit angekettet in Lady Michelles Zimmer. Wie lange kann ich nicht genau sagen. Schließlich kommt sie wieder rein. Leider hat sie inzwischen nicht nur wieder den Slip, sondern auch einen, allerdings sehr heißen, schwarzen BH an. Kommentarlos geht sie auf mich zu und verpasst mir einige saftige Ohrfeigen. "Dein Drecksschwanz hat immer steif zu sein, wenn ich da bin, hast du das Verstanden?" "Ja Herrin", beeile ich mich zu sagen. Michelle spuckt mir unvermittelt ins Gesicht. Ihre Spucke ist mir zum Teil ins Nasenloch geflogen, was höchst eklig und unangenehm ist, und zieht sich über mein Gesicht hinweg. Sie wiederholt den

Vorgang und spuckt mir Spucke, die sie von tief unten holt direkt ins Gesicht. Danach verteilt und verschmiert sie die Spucke in meinem Gesicht und greift mir hart in den Sack. Diese Situation ist höchst demütigend. Sie löst meine Fesseln, nur das Hals band bleibt mir umgelegt und eine Leine wird daran befestigt. Auf Knien muss ich ihr folgen, wie ein Hund krieche ich hinter Michelle her.

Sie geht in die Küche. "Dein Platz ist da unten, Dreckssklave. Du wirst Essen was ich dir anbiete und wie ich dir das anbiete. Du trinkst aus dem Napf da." Ohne darauf zu antworten begebe ich mich auf den mir zugewiesenen Platz, der ihr zu Füßen gelegen ist. Während Michelle genüsslich isst, bleibt mir nichts weiter übrig als unten zu warten. Dann lässt sie mich den Oberkörper aufrichten und spuckt mir eine Ladung aus ihrem Mund direkt in meinen. Ich muss mich stark überwinden zu schlucken, was sie mir da gegeben hat.

Mit einem leichten Fußtritt in den Sack bedeutet sie mir wich wieder ganz nach unten zu begeben. So wird dieses Spiel fortgeführt, die nächste Ladung spuckt sie sich auf ihren eigenen, nackten Fuß. Von dort muss ich das widerlich aussehenden Fraß, der direkt aus dem Mund meiner Herrin kommt, auflecken, vermischt mit dem Geruch von Michelles Fuß.

Mein Trinknapf bleibt weiterhin leer und ich ahne nichts gutes. Nachdem Michelle das Essen beendet hat, nimmt sie meinen Napf und stellt ihn in die Mitte des Raumes. "Hast u Durst, kleines Dreckskind?", frag sie mich.

"Ja Herrin",

antworte ich ihr untergeben. "Das dachte ich mir, ich habe etwas für dich, gewöhne dich besser dran", sagt sie und lächelt mich spöttisch von oben herab an.

Sie zieht sich genüsslich ihren Slip aus und gibt wieder den Blick auf ihre herrliche Muschi frei.

Langsam geht sie in die Hocke und senkst ihren Körper genau über dem Napf ab. Ich muss ihr dabei zuschauen, wie ihre gelbe Pisse zunächst in dünnen Tropfen, danach in einem dicken Strahl in den Napf läuft. "Wenn du dich benimmst bekommst du es das nächste Mal direkt von der Quelle, Sklave." Zur Abrundung spuckt sie noch einige Male in den Napf und stellt in mir dann bereit. "Trink, und es wird alles ausgetrunken, egal wie lange das dauert. Ich kann mich kaum überwinden meine Zunge in die wirklich stark, eben nach Pisse reichende, Brühe zu stecken.

"Du sollst trinken, ich glaube du spinnst du Sau!"

Mit diesen Worten springe Herrin Michelle auf und drückt meinen Kopf fest in die Brühe, so dass ich schnell die Augen schließen muss. Nach kurzer Zeit bleibt mir nichts übrig, ich muss den Mund öffnen und die widerliche Brühe in mich aufnehmen. Es schüttelt mich als ich zum ersten Mal den sehr, sehr intensiven Geschmack ihrer Pisse aufnehme, aber ich muss mich daran gewöhnen. Michelles Druck auf mich hält an, so dass ich gleich keine Luft mehr bekomme. Ich beginne zu zappeln, aber Lady Michelle lässt mich nicht los.

Ich kann es nicht länger verhindern und muss Luft holen. Ein stechender Schmerz durchzuckt meinen Kopf, während sie mich endlich loslässt und ich prustend auftauchen kann. Ihre Pisse in meinem Nasenloch lässt mich den intensiven Geruch nun wirklich komplett inhalieren. Gedemütigt schaue ich zu ihr auf. Michelle herrscht mich an:

"Das nächste Mal tust du gleich was ich dir sage, klar?

Und jetzt alles austrinken, schön mit der Zunge lecken wie ein räudiger Hund." Es dauert eine Ewigkeit bevor ich den gesamten Napf mit ihrer Pisse geleert habe. Während ich die letzten Pfützen auflecke zieht mich Michelle an meiner Leine plötzlich aus der Küche. "Ich hab Bock mit dir zu spielen, wozu hab ich so ein Spielzeug." Sie zieht mich ins Wohnzimmer, wo ich wieder an der Wand gefesselt werde. Diese Mal jedoch nur an den Beinen. "Deine Hände brauchst du gleich, Sklave. Bis dahin hinter dem Kopf verschränken!" Ich habe ein wenig Angst vor den folgenden Momenten, ich merke wie Michelle ihre Rolle als Herrin endgültig gefunden hat und Spaß sowie Lust dabei empfindet mich zu demütigen und zu quälen. Lady Michelle hat kurz den Raum verlassen und kommt zurück, einige Spielzeuge in der Hand die mich nichts gutes ahnen lassen.

Wieder hat sie sich umgezogen, trägt jetzt einen String-Tange der mehr zeigt als bedeckt und an den Seiten nur von Perlenbändern zusammengehalten wird. Darunter sind ihre Beine in braundurchsichtigen Strapsen, die bis zu den Oberschenkeln gehen. "Jetzt wird es lustig", sagt sie und streicht mir fast behutsam über die Wange. Sie reibt ihre Brüste gegen meinen nackten Oberkörper und hockt sich hin, so dass mein Schwanz nun direkt vor ihrem schönen Gesicht hängt. Sie nimmt meine Eichel zwischen die Zähne und kaut fast sanft darauf herum. Sie verstärkt jedoch den Druck auf meine Eichel ruckartig, so dass mir ein Zischen zwischen den Zähnen entrinnt.

Sie spuckt auf die Eichel und verreibt ihre Spucke in dem sie meine Vorhaut leicht hin und her schiebt. Sofort ist mein Schwanz wieder voll da und ich merke wie ich sehr schnell wieder geil werde. Sie unterbricht jäh mich zu wichsen. Plötzlich schreie ich laut auf, sie hat mir ein Schamhaar direkt vom Sack ausgerissen. Es folgen weitere, während Lady Michelle meine Schreie genießt.

Jetzt beginnt sie mit einem Strick meinen Sack abzubinden. Anfangs noch angenehm, doch schnell schmerzt der Strick den sie mir um den Sack legt. Sie zieht einige Male dran, was mich erschaudern lässt.

Michelle steht auf und legt mir das Ende des Strickes in den Mund. Sie beginnt meinen Sack in ihrer Hand zu kneten, das ist ein angenehmes Gefühl, dass schnell unangenehm wird, da Michelle den Druck verstärkt.

Sie nimmt mir den Strick aus dem Mund und befielt mir: "Halt dir den Schwanz hoch, Dreckssklave!" Ich halte mit beiden Händen den Schwanz an meinen Bauch gedrückt, während Michelle stärker an der

Schnur zieht und somit meinen Sack noch stärker schnürt und zieht. Ich gehe in ein leises Wimmern über, um Michelle nicht mit Schreien zu verärgern. Immer wieder spuckt sie mir zwischendurch in den Mund. Herrin Michelle steht jetzt auf und holt einen fahrbaren Tisch, auf dem eine Schraubzwinge moniert ist.

Erschrocken schaue ich sie an.

"Was glotzt du so, Dreckssklave? Jetzt wird's lustig",
gibt sie spöttisch zurück.

Während ich meinen Schwanz hochhalten muss führt sie meinen abgebundenen Sack in die Fassung. Eiskalt fühlt sich das Metall an. Langsam dreht sie den Stock enger, von beiden Seiten spüre ich nun deutlich den Widerstand des Metalls. "Lass den Schwanz los du Miststück", befielt sie mir dann.

Ich lasse den Schwanz los der in die waagerechte geht und dort prall absteht und Herrin Michelle fesselt nun auch meine Arme an der Wand. Nun bin ich völlig wehrlos. Anschließend zieht sie ihren BH aus und offenbart ihre geilen Brüste. Ihre Nippel stehen jetzt aufrecht, auch meine Herrin ist inzwischen sehr erregt.

Während ich mich an der Wand nicht mehr rühren kann, drückt sie ihren nackten Oberkörper gegen meinen, so dass ich deutlich ihre harten Nippel spüre. " Du bist völlig wehrlos", flüstert sie mir süffisant zu, umspielt mit ihrem Mund meine Lippen und sagt dann lauter und dominanter: "Leck mir die Nase, komm ich will deine Zunge in meinen Nasenlöchern." Ich ekle mich vor dem Befehl, merke aber dass ich ihn ausführen muss. Ihr schönes Gesicht ist nur wenige Zentimeter von meinem entfernt. Ich fahre mit der Zunge über ihre Nase und stocke dann in meinen Bewegungen.

Michelle duldet so etwas nicht und dreht weiter an der Zwinge, so dass mein Sack weiter eingeengt wird. Bevor die Situation zur Höllenqual wird überwinde ich mich und fahre mit der Zungenspitze in ihre Nasenlöcher und lecke sie aus. Michelle ist zufrieden: "Gut gemacht, dich kann man echt für alles gebrauchen." Mit der linken Hand fängt sie an meinen prallen Schwanz zu wichsen und meine Lage nochmals zu verschlimmern indem sie die Zwinge
erneut enger dreht. Schmerz und Lust vereinen sich zu einem unglaublichen Zusammenspiel, ihre Brüste berühren erneut meinen Körper, sie wichst mich, aber auf Grund des Schmerzes bin ich noch nicht so weit zu kommen.,

was ich ohnehin nicht dürfte. Immer neue Demütigungen hat sie für mich parat, während ich völlig wehrlos hier stehe. "Leck mir mal die Achseln sauber. Sie hebt ihre Arme und kommt mit der rasierten

Achsel auf mein Gesicht zu. So gut wie möglich versuche ich ihr die leicht nach Schweiß reichende Achsel zu lecken.
Bevor ich die andere lecken muss spuckt sie sich auf ihre eigene Achsel, verteilt die Spucke
und lässt mich dann auch diese säubern. Die Situation ist so demütigend, schmerzvoll und geil zu gleich, dass ich innerlich merke, wie ich mich einer Lustexplosion nähre. Mit einer weiteren Schnur bindet sie mir nun schmerzhaft die Eichel ab.

Ruckartig zieht sie an der Schnur was grobe Schmerzen verursacht. Michelle hängt die Schnur an der Klinke der offenen Wohnzimmertür ein und beginnt langsam die Tür zu schließen. Ich kann mich nicht lange halten und beginne vor Schmerz laut zu schreien, immer lauter und stärker. Michelle genießt die Situation in vollen Zügen. An der Tür stehend zieht sie sich nun auch ihren

Tanga aus und
steht bis auf die Strapsen völlig nackt vor
mir. Während ich vor Schmerz schreie,
fährt sie sich mit zwei Fingern in ihre
wunderbare Lustgrotte. Langsam kommt sie
wieder auf mich zu.

"Mund auf, Drecksvieh!"

Lady Michelle steckt mir beide Finger, die
zuvor in ihrem geilen Fickkanal waren in
den Mund. Ich lecke sie ab und schmecke
Michelles geilen Geschmack der mich fast
zur Explosion bringt, die momentan nur der
Schmerz verhindert. An Michelles
Oberschenkel läuft ein tropfen ihres
Lustsaftes herunter und wird schnell vom
Rand der Strapse aufgesaugt. Mit einem
Ruck befreit sie mich aus der
SackZwinge.

Sie bindet meinen Schwanz seitlich an
meinen Oberschenkel und fährt mit den
Fingern über die Eichel.

Leichte Schläge auf meinen pulsierenden Schwanz lassen mich erzittern. Michelle beginnt nun einige Klammern an meinem Sack und meinem Schwanz zu befestigen. Ich weiß, dass der Schmerz die sie momentan verursachen nichts gegen den Schmerz ist, den sie verursachen werden, wenn sie abgenommen werden.

Michelle macht sich nun immer häufiger an ihrer Pussy zu schaffen, während sie meinen Schwanz wieder vom Oberschenkel löst. Sie beginnt nun wieder an dem Strick, der meine Eichel abbindet zu ziehen, nachdem sie ihn zuvor minimal gelockert hat. Immer erbarmungsloser zieht sie bis er sich mit einem Ruck von meinem Schwanz löst.

Wieder schreie ich vor Schmerz laut auf, was mir sofort eine Spuck-Bestrafung einbringt. Michelle beginnt nun meinen Prügel wieder zu wichsen, geschickt macht sie es, nicht zu schnell, aber ich

spüre dass ich mich nicht mehr lange halten kann.
"Herrin, darf ich kommen, bitte...", flehe ich um Erlösung. "Was willst du kommen, bevor ich einen Orgasmus hatte, du spinnst wohl komplett", lautet die herrische Antwort. Kurz bevor ich mich nicht mehr halten kann setzt Michelle ab und entfernt mit einem harten Tritt in den Sack alle Klammern.

Der heranrollende Schmerz lässt meine Lust abrupt abbrechen. Ich schreie laut auf und versuche mich zu winden, während Michelle laut auflacht. Offenbar ist sie kurz vor einem Orgasmus. Sie legt sich auf das Sofa vor mir, schiebt sich einen Dildo in ihre weit geöffnete Fotze und bringt sich in Ekstase während ich zusehen muss und noch mit dem Schmerz zu kämpfen habe.
"Siehst du Dreckssklave, ich brauch dich nicht, ich kann auch ohne dich, ich richte dich ab aber du bist wertlos..." Ihre letzten

Worte gehen in einem lauten Lustschrei unter, meine Herrin erlebt einen heftigen Orgasmus vor meinen Augen. Nachdem sie sich beruhigt hat wischt sie sich mit einem Taschentuch ab und sagt zu mir: "Glaub nicht dass du jetzt dran bist, ich hab noch was schönes für dich." Spöttisch lächelnd kommt sie auf mich zu und steckt mir ihr voll gewichstes Taschentuch in den Mund. Der Geschmack ist überraschend intensiv, aber geil! "Den hier kannst du auch gleich sauber machen", herrscht sie mich an und steckt mir den Dildo in den Mund, vor und zurück.

Folgsam lecke ich ihre Muschi-Säfte vom Dildo weg, während sie mich von dem Strick um meinen Sack befreit. Mein Schwanz ist durch den Schmerz kurzfristig etwas kleiner geworden, was Michelle für die nächste Qual nutzt. Sie zwängt mich in ein enges Schwanzgefängnis, dass meinen Sack erneut abbindet und meinen Schwanz unter eine enge Plexiglashülle zwängt, in

der er völlig eingeengt ist und nicht groß werden kann, während mein
Sack wehrlos unten hervor baumelt. Der intensive Geschmack Michelles Muschi-Säfte macht mich wieder so heiß, dass mein Schwanz anschwellen will, jedoch schmerzhaft daran erinnert wird, dass dafür kein Platz ist. Michelle bearbeitet meinen Sack, separiert mit ihren Fingern immer ein Ei, an dem sie dann herum quetscht und zieht, dass ich vor Schmerz fast aufheulen muss. Herrin Michelle empfindet offenbar wieder größtes Vergnügen an meinen Qualen. Mit dem Handrücken schlägt sie leicht auf meinen Sack, was mich jedes Mal erschaudern lässt. Auch mit den Zähnen nimmt Michelle meine Eier in Betracht, beißt leicht darauf herum und fügt mir damit weitere Schmerzen und Demütigungen zu. Sie befreit meine Arme aus der Fessel und führt meine Hand an ihre Brust.

Ich spüre den geilen Nippel, meine ganze Hand liegt auf ihrer geilen Brust und kann sie doch nicht umfassen. Michelle bereitet es jetzt Freude mich immer weiter zu erregen, ohne, dass mein Schwanz sich regen kann. Die Erregung die ich verspüre ist schmerzhaft und geil zugleich. Sie führt meine Hand weiter an ihrem Wahnsinns Körper herum. Über ihre noch feuchten Schamlippen lässt sie mich streichen, ihr geiles Arschloch, mein Finger darf ihre Rosette umspielen und zurück. Mein Schwanz fühlt sich an als würde er im nächsten Moment platzen. Für einige Momente überlässt sie mich meiner Lust und verlässt das Zimmer, nachdem sie meine Hände wieder gefesselt hat. Als sie wiederkommt spuckt sie mir ins Gesicht und erlaubt mir das Taschentuch aus dem Mund zu nehmen. In der Hand hält sie den Schlüssel, mit dem sie mein Plexiglasgefängnis öffnen, und mich endlich befreien kann.

Zunächst befreit sie mich aus den Fesseln, so dass ich wieder frei im Raum stehen kann. Quälend lange lässt sie sich Zeit, bevor sie doch endlich aufschließt. Mein Schwanz schnellt hervor und wird sofort prall und groß, ich spüre dass ich mich jetzt nicht mehr halten kann und kurz vor einer Explosion stehe. "Du wirst mir jetzt in die Hände spritzen, klar Drecksvieh? Danach wirst du alles wieder schön aus meinen Händen auflecken und die Verschmutzung beseitigen, verstanden?" Während sie mir diese Anweisung gibt umfasst sie meinen geschundenen Prügel und wichst gekonnt. Mit einer unglaublichen Explosion entlade ich mich in Michelles Hände. Ich schreie meine Lust laut heraus, immer noch eine Ladung landet in den Händen meiner Herrin, so einen Abgang hatte ich nie zuvor. Ich kann mich kaum beruhigen, gerate in eine

Ekstase. "Oh, du Sau, wenigstens spritzen kannst du, meine Behandlung muss dir gefallen haben du Drecksvieh, was? Und jetzt sauberlecken, schön mit der Zunge alles weg-lecken was du rausgespritzt hast." Nur aufgrund meiner

weiterhin so heftig vorhandenen Lust kann ich ihrem Befehl ohne größeren Ekel folge leisten. Als ich aus ihren Händen mein Sperma lecke, wie zuvor ihre Pisse aus dem Napf merke ich, wie demütigend die Situation ist. "Ja wohl, deinen eigenen Saft du Dreckssklave, alles weg du wertloses Stück Scheiße!" Immer noch knie ich vor meine Herrin und lecke die Sturzbäche meines eigenen Spermas aus ihren Händen. Endlich ist auch der letzte Rest weg-geleckt. Mein Schwanz steht schon wieder halb, die nackte Michelle die vor mir steht macht mich völlig wahnsinnig.

"Herrin, ich bitte Sie aufs Klo gehen zu dürfen", wende ich mich kurz darauf an

Michelle. Sie lächelt mich nur gemein an und sagt " Halt's aus, dafür haben wir noch Verwendung. Hocke dich hier auf den Boden und wehe du pisst auf den Fußboden. Michelle liegt auf dem Sofa und liest in einem Magazin. Ihren Tanga hat sie sich wieder angezogen, auch der BH verdeckt nun leider wieder ihre prächtigen Titten.

Ich hocke am Boden und kämpfe mit mir, meine Pisse für mich zu behalten. Hin und wieder stößt mir Michelle einen ihrer Füße ins Gesicht, den ich sofort verwöhne. Trotzdem ihre Fuß in der Strapse steckt, schmeckt er so heiß und intensiv wie immer.
Eine ewige Zeit scheint zu vergehen, in der ich nicht auf die Toilette darf. Endlich erhebt sich meine Herrin und befielt mir auf Knien in die Küche nachzukommen.
Auf die Leine verzichtet sie diesmal. In der Küche angekommen steht schon der Napf vom Mittagessen bereit. " So da rein mit

deiner Pisse, und ja nichts daneben!", herrscht sie mich an.

Ich erleichtere mich, ein unglaublicher Druck weicht von meiner Blase, jedoch habe ich Befürchtungen, wie es gleich weitergeht. Als ich fertig bin muss ich auf allen vieren warten, der Napf steht vor mir. Michelle steckt einen Finger in meine Pisse und zwingt mich schließlich die von ihrem Finger zu lecken. "Ich trinke zum Abendbrot nichts, ich mache mir später immer noch was.

Für dich Dreckskind gibt's später nichts. Dein Abendbrot steht vor dir. Leck deine eigene Pisse, heute ist deine eigene Pisse dran und wenn du nicht willst dass das immer so ist, empfehle ich dir, das restlos aufzulecken." Der Ekel scheint unüberwindbar, größer als bei meinem Sperma vorhin, da war ich noch wie in

Trance. Ich nähre mich dem Napf. Meine Pisse riecht nicht mal so intensiv wie Michelles. Ich beginne zu lecken während Michelle mich hämisch beobachtet. Sie stellt ihren Nylon-bekleideten Fuß mitten in den Napf und gibt mir den zwischendurch immer wieder zu lecken.

Ich bin ganz unten angekommen, meine Herrin demütigt mich bis aufs letzte, ich gehöre ihr und sie lebt ihre sadistische Ader voll aus. Endlich bin ich fertig und darf für einige Minuten ins Bad um mich zu waschen.

Den Rest des Abends verbringe ich zu Füßen meiner Herrin vor dem TV.

Ich frage mich wie und vor allem wo ich die Nacht verbringen werde.